CATALOGUE

DE

DESSINS ET AQUARELLES

MODERNES

**Bonington, Daumier, Decamps, Delacroix
Goya, Grandville, Grévin, Knauss, Constantin Guys, Gavarni
E. Lami, Lalanne, Michel, Monnier, Raffet, Roqueplan
Somm, Wattier, etc.**

LITHOGRAPHIES

Charlet, Monnier, Lami, Raffet, etc.

Série complète des Costumes de 1814, par Gatine

DONT LA VENTE AURA LIEU

HOTEL DROUOT, SALLE N° 4

Le Mercredi 1er Juin 1892

A 2 HEURES

Par le Ministère de Me **MAURICE DELESTRE**, commissaire-priseur

27, rue Drouot, 27

Assisté de **M. L. DUMONT**, expert

27, rue Laffitte, 27

EXPOSITION PUBLIQUE

Le Mardi 31 Mai 1892, de 2 heures à 6 heures

CONDITIONS DE LA VENTE

La vente sera faite au comptant.

Les acquéreurs payeront *cinq pour cent* en sus des enchères, applicables aux frais.

L'ordre du Catalogue sera suivi.

MM. les amateurs pourront visiter la Collection chez M. DUMONT, *rue Laffitte, 27, pendant les huit jours précédant la vente, de une heure à six heures du soir.*

M. DUMONT *se charge des commissions des Amateurs qui ne pourraient assister à la vente.*

Paris — Imp. de l'Art, E. Ménard et Cie 41, rue de la Victoire.

AQUARELLES ET DESSINS

MODERNES

LITHOGRAPHIES

EXPOSITION PUBLIQUE

LE MARDI 31 MAI 1892

DÉSIGNATION

AQUARELLES, DESSINS

ANDREWS

(École anglaise.)

1 — *La Présentation dans un parc. — Intérieur d'une salle de bal masqué.*

Compositions importantes, avec un grand nombre de personnages.

Deux beaux dessins aux trois crayons.

ANDRIEUX

2 — *Amateur de peinture. — Un Monsieur pressé. — Le Banquier.*

Trois dessins à la mine de plomb.

(Vente Andrieux.)

3 — *Au Luxembourg. — Le Régiment qui passe. — Scènes de carnaval.*

Quatre dessins à l'encre de Chine.

4 — *Jeux d'enfants. — Discussion. — Au bal, etc.*

Quatre dessins au crayon.

ANDRIEUX

5 — *Type d'actrice. — Entre deux gendarmes. — Une Émeute.*

Trois jolis dessins au crayon.

ANONYMES

6 — *Portrait de M. de Lescure, général des armées vendéennes.*

Dessin à la sépia rehaussé de blanc.

7 — *Charlet sur son lit de mort.*

Très joli dessin au crayon.

8 — *Naissance de Vénus.*

Très beau dessin à la pierre noire, encadré.

9 — *Incroyables et Merveilleuses à la promenade.*

Aquarelle.

10 — *Portraits : Le Maréchal Lobau. — Le Baron Thénard.*

Deux dessins au crayon.

11 — *Un Bal à Montmartre.*

Curieux dessin à l'aquarelle.
(Collection Carré.)

AUBERT

12 — *Paysage avec rivière.*

Très belle aquarelle, signée.

BEAUMONT

(E. DE)

13 — *Jeune Femme lisant une lettre.*

Très joli dessin à la mine de plomb rehaussé d'aquarelle. Signé. Encadré.

14 — *Jeune Seigneur embrassant une soubrette.*

Beau dessin aux trois crayons rehaussé d'aquarelle, encadré.

15 — *La Déclaration; scène enfantine.*

Dessin à la mine de plomb rehaussé d'aquarelle, encadré.

BELLANGÉ

(HTE)

16 — *Jeune Conscrit achetant des pommes dont la marchande emplit les poches de sa tunique; au fond, soldats devant une caserne.*

Très belle aquarelle signée, encadrée.

17 — *Études d'enfants.*

Dessin à la mine de plomb, signé.

BELLEL

18 — *L'Orage.*

Aquarelle signée.

BIDA

19 — *Aucassin et Nicolette.*

Très beau dessin au crayon noir rehaussé de blanc. Signé avec dédicace. Encadré.

BLANCHARD

20 — *Combat de taureaux.*

Dessin au crayon et à la sépia.

BONINGTON

(R. P.)

21 — *Entrée de village.*

Très jolie aquarelle signée du monogramme de l'artiste, encadrée.

BRASCASSAT

22 — *Bœufs dans la campagne romaine.*

Belle aquarelle signée, sous verre.

CHARON

23 — *Portrait de la duchesse de Berry.*

Joli dessin à la sépia.

CHINTREUIL

24 — *Vue prise sur une hauteur aux environs de Paris.*

Belle aquarelle, encadrée.

COLEMAN

25 — *Revue passée sur une place publique.*

Très belle aquarelle, encadrée.

COLIN

26 — *Jeune Fille à sa fenêtre. — Jeune Femme jouant de la mandoline.*

Deux jolies aquarelles, signées.

COURBET

27 — *L'Hallali.*

Dessin au crayon noir, encadré.

28 — *Cerf sous bois.*

Dessin au crayon, encadré.

29 — *Cerf sous bois.*

Dessin au crayon, encadré.

DAMOURETTE

30 — *Un Petit Tour au marché.*

Douze dessins à la plume,

DAUBIGNY

31 — *Souvenirs de Compiègne. — Sous bois; — mai 1871.*

Deux très jolis dessins à la mine de plomb, encadrés.

DAUMIER

(H.)

32 — *Souvenir de l'Exposition de 1867.*

Très beau dessin à l'encre de Chine, rehaussé. Signé. Encadré.

33 — *Un Connaisseur.*

Aquarelle.

DAVID

(JULES)

34 — *La Bouquetière.*

Très jolie aquarelle, signée, encadrée.

DECAMPS

35 — *Intérieur turc: Jeune Femme implorant son maître.*

Très belle aquarelle, encadrée.

36 — *Chameaux au repos.*

Belle aquarelle, signée, encadrée.

37 — *Paysage; à Luzarches.*

Aquarelle signée, encadrée.

38 — *Marchand ambulant.*

Aquarelle encadrée.

39 — *Le Sultan et la Favorite.*

Dessin à la sépia.

40 — *La Famille de Loth, s'éloignant de Sodome.*

Dessin à la pierre noire, rehaussé d'aquarelle.

DELACROIX

(E.)

41 — *Guerriers au repos regardant un défilé de troupes.*

Très belle aquarelle, encadrée.

42 — *Études de chevaux.*

A la plume.
(Vente E. Delacroix.)
Encadré.

DELAROCHE

(P.)

43 — *Dame* et *Seigneur Henri III.*

Dessins rehaussés d'aquarelle, encadrés.

DEVÉRIA

44 — *Mort de Madame Royale. — Mort du duc de Berry.*

Deux dessins à la sépia.

45 — *Malek Adel.*

Trois dessins à la sépia.

DEVÉRIA

(Attribué à)

46 — *Jeune Fille assise sur un canapé.*

Très belle aquarelle, encadrée.

DREUX

(A. DE)

47 — *La Promenade : Cavaliers et Amazones.*

Très beau dessin à la mine de plomb, rehaussé d'aquarelle, encadré.

48 — *Steeple-chase : Le Saut du mur.*

Très beau dessin à la mine de plomb, rehaussé d'aquarelle, encadré.

49 — *Amazone.*

Dessin à la mine de plomb, encadré.

DUPRÉ

(J.)

50 — *Paysage avec mare et chaumière au premier plan.*

Très belle aquarelle, encadrée.

FÉROGIO

51 — *Une Cour de campagne. — Un Lavoir. — Une Ronde.*

Deux aquarelles et un dessin.

FRAGONARD

(TH.)

52 — *Jeune Femme assise.*

Joli dessin à la sépia, encadré.

FRANTZ

53 — *Paysage au Maroc. — Vue de Venise.*

Deux jolies aquarelles, signées.

FROMENTIN

54 — *Scènes arabes. — Scène de bataille.*

Dessins au crayon, rehaussés d'aquarelle. Quatre pièces.

GATINE

55 — *Le Roi et sa famille passant en carrosse la revue de la Garde.*

Aquarelle, encadrée.

GAVARNI

56 — *Une Mère de famille : « Mon dernier va su huit ans. »*

Superbe aquarelle, signée, encadrée.

57 — *Mon épouse, elle a un anneau dans le nez; l'anneau du mariage.*

Superbe aquarelle, signée, encadrée.

58 — *A Clichy (le Diable à Paris).*

Dessin au crayon, encadré.

59 — *La Recherche de l'inconnu.*

Très jolie aquarelle, encadrée.

60 — *Danseur excentrique.*

Dessin à la mine de plomb, rehaussé d'aquarelle.

GOYA

61 — *Scènes des Caprices.*

Très beaux dessins à la sépia, encadrés.

62 — *Types espagnols et croquis.*

Très beaux dessins à la sépia, encadrés.

63 — *Études pour les Caprices.*

Cinq beaux dessins à la plume et au crayon.

GRANDVILLE

(J. J.)

64 — *Jérôme Paturot.*

Dessin à la plume rehaussé de sépia, ayant servi à l'illustration. Sous verre.

65 — *Le Maître d'école. — La Présentation (Métamorphoses du jour).*

Deux dessins à la plume rehaussés d'aquarelle.

66 — *La nuit et le jour il rêvait. (Les Animaux peints par eux-mêmes.)*

Très beau dessin à la plume.

67 — *A l'Exposition.*

Dessin à la plume, encadré.

68 — *Une Cause célèbre.*

Aquarelle.

69 — *Le Dernier Relais. — Le Chat Bibi. — Mme Grandville, etc.*

Douze dessins à la plume.

70 — *Sur le boulevard. Veuve Legras, dégraisseuse.*

Aquarelle.

71 — *Fantaisies musicales : Barcarolle. — Valse. — Ronde tarentelle. — Dessins très curieux où les notes de musique sont représentées par des personnages.*

Sept dessins à la plume et à l'aquarelle. (Collection J. Carré).

GREVIN

(A.)

72 — *En visite.*

Dessin à la plume rehaussé d'aquarelle, encadré.

73 — *Pauvres Biches.*

Dessin à la plume rehaussé d'aquarelle, encadré.

74 — *Costumes pour ballets.*

Quatre dessins à l'aquarelle.

GRUND

(J.)

75 — *Jeune Nègre.*

Aquarelle signée, encadrée.

GUYS

(CONSTANTIN)

76 — *Soldats et Filles sous une tonnelle.*

Dessin important à l'encre de Chine et sépia, encadré.

77 — *Scène de mœurs : Femme racolant un passant.*

Aquarelle encadrée.

78 — *Femmes en promenade.*

Dessin à la sépia.

79 — *Sous les Galeries du Palais-Royal. — Bal masqué.*

Trois aquarelles.

GUYS

(CONSTANTIN)

80 — *Filles et Lorettes.*

Cinq aquarelles.

81 — *Types espagnols. — Femmes avec mantilles.*

Quatre aquarelles.

82 — *Cavaliers et Amazones.*

Huit dessins à l'encre de Chine.

83 — *Filles et Lorettes.*

Quatre dessins à l'encre de Chine.

84 — *Cavaliers.*

Huit dessins à l'encre de Chine.

85 — *Voitures. — Calèches. — Landaus.*

Huit dessins à l'encre de Chine.

HAMON

86 — *Baigneuses.*

Dessin aux deux crayons, rehaussé d'aquarelle.

HEDOUIN

(ED.)

87 — *Zamma.*

Aquarelle.
(Vente Hédouin.)

HEDOUIN

(ED.)

88 — *Femme marocaine assise.*

Aquarelle.
(Vente Hédouin.)

89 — *Femmes marocaines.*

Aquarelle.
(Vente Hédouin.)

HERVIER

90 — *Les Halles à Paris : La Rue de la Vieille-Draperie, près de la rue du Contrat-Social.*

Très belle aquarelle, signée, encadrée.

91 — *Intérieur d'atelier : Peintre avec son modèle.*

Très beau dessin à la mine de plomb, signé, encadré.

92 — *Moulin et mazures, à Montmartre.*

Très joli dessin au crayon.

HOFER

(H.)

93 — *Maréchal ferrant dans un village.*

Aquarelle signée.

ISTA

94 — *Bords de rivière.*

Très jolie aquarelle, signée, encadrée.

ISTA

95 — *Paysage ; pont sur un ruisseau.*

Très jolie aquarelle, encadrée.

96 — *Route sur la lisière d'une forêt.*

Très jolie aquarelle, signée, encadrée.

JACQUAND

97 — *Charles-Quint et le Moine. — La Tasse de café. — La Fille de l'émigré, etc.*

Quatre dessins au crayon.

JEANRON

98 — *Souvenirs de 1848.*

Quatre dessins au crayon.

JOHANNOT

(TONY)

99 — *Jeune Fille. — Scène romantique. — Tête de vieillard. — Vignette.*

Quatre jolis dessins au crayon et à la plume.

100 — *Les Précieuses ridicules.*

Dessin à la plume rehaussé de sépia, encadré.

KNAUSS
(S. A.)

101 — *Marée montante.*

Dessin à l'encre de Chine et sépia, signé, encadré.

102 — *Chevaux sortant de l'eau.*

Dessin à l'encre de Chine et sépia, signé, encadré.

103 — *Scène d'inondation.*

Aquarelle, encadrée.

104 — *Au pâturage.*

Aquarelle signée, encadrée.

105 — *L'Approche de l'orage.*

Aquarelle, encadrée.

LAFITTE

106 — *Le Retour de l'Enfant prodigue. — Le Repas.*

Deux dessins à la sépia.

107 — *Portrait d'homme. — Promenade sur l'eau.*

Deux dessins au crayon.

LALANNE
(MAXIME)

108 — *Intérieur de parc.*

Très joli dessin à la mine de plomb, signé, encadré.

109 — *Rue Saint-Jean de Beauvais, à Paris.*

Très joli dessin à la mine de plomb, signé, encadré.

**

LALANNE

(MAXIME)

110 — *Rue de la Montagne-Sainte-Geneviève, à Paris.*

Très joli dessin à la mine de plomb, signé, encadré.

111 — *Démolitions au Champ de Mars.*

Joli dessin au fusain, signé, encadré.

112 — *Paysage.*

Très beau dessin au fusain, signé, encadré.

113 — *Verger avec habitation.*

Superbe dessin au fusain, signé, encadré.

LAMI

(EUGÈNE)

114 — *Othello.*

Superbe aquarelle, encadrée.

115 — *L'Attente. Tilbury attelé.*

Très jolie aquarelle, signée, encadrée.

LEBAS

(H.)

116 — *Barque de pêcheurs se brisant sur les rochers.*

Très jolie aquarelle, signée, encadrée.

LEROUX

(A.)

117 — *Titres de romances.*

Dix dessins au crayon.

LETUAIRE

118 — *Grotesques.*

Planche de croquis à l'aquarelle, signée.

LUMINAIS

119 — *Scène de bataille. Guerriers sur un chariot au premier plan.*

Très beau dessin à la sépia, encadré.

MAENZA

120 — *Paysage; coucher de soleil.*

Très jolie aquarelle, encadrée.

METTLIN

121 — *Jeune Femme peignant; une autre regarde debout derrière elle.*

Dessin à la plume, signé.

MICHEL

122 — *Paysage; clair de lune.*

Superbe dessin au fusain, encadré.

123 — *Paysage avec figures.*

Dessin au crayon noir, rehaussé à l'aquarelle, encadré.

124 — *Paysage des Pyrénées.*

Dessin au crayon noir, rehaussé d'aquarelle, encadré.

125 — *Allée de marronniers.*

Dessin au fusain, encadré.

126 — *Bouquet d'arbres et ruines.*

Dessin au fusain, encadré.

127 — *Allée bordée d'arbres; cavaliers et promeneurs.*

Dessin au fusain, encadré.

MILLET

(J. F.)

128 — *Femme portant un seau.*

Dessin au crayon noir, encadré.

129 — *Ramasseuses de pommes de terre.*

Croquis au crayon noir, encadré.

MONNIER

(H.)

130 — *Titre du Théâtre de Madame.*

Très joli dessin à la plume et à l'aquarelle, encadré.

131 — *Vignettes pour les Chansons de Béranger et divers.*

Neuf très jolis dessins à la plume et à l'aquarelle, encadrés.

MONNIER

(H.)

132 — *Une Rixe*. Pièce faite pour le Voyage en Angleterre.

Très joli dessin à l'encre de Chine, encadré.

MOUCHOT

133 — *Intérieur de famille, au Moyen-Age.*

Très joli dessin à l'encre de Chine, signé, encadré.

NANTEUIL

(C.)

134 — *Les Chasses de Compiègne (Titre de musique).*

Très beau dessin à la mine de plomb.

NOEL

(JULES)

135 — *Paysage ; bords d'une rivière avec bateaux.*

Très belle aquarelle, signée, encadrée.

OUVRIÉ

(J.)

136 — *L'Entrée d'un village.*

Très joli dessin à la mine de plomb, signé du monogramme, encadré.

137 — *Environs de Venise.*

Très beau dessin à la sépia, encadré.

PENGUILLY

138 — *Paysan breton.*

Dessin à la sépia.

PHILIPPOTEAUX

(F.)

139 — *Suissesse au marché.*

Très belle aquarelle, signée 1837, encadrée.

PIGAL

140 — *Caressant le magot.*

Dessin à la pierre noire, rehaussé de blanc.

PRUDHON

(Attribué à)

141 — *Naufrage de Virginie. — La Douleur.*

Deux dessins à la pierre noire, rehaussés de blanc.

RAFFET

142 — *Bonaparte; Campagne d'Égypte.* Le même sujet au verso.

Très beaux dessins à la plume rehaussés de sépia, encadrés.

143 — *Concert champêtre. — Le Repas. — En gondole. — La Table de jeu.*

Quatre compositions très curieuses, animées d'un grand nombre de personnages, seigneurs et dames, soudards du Moyen-Age. Aquarelles signées, encadrées.

144 — *Napoléon consultant un plan.*

Dessin à la sépia, encadré.

RAYNAUD

(B.)

145 — *Réjouissances publiques.*

Dessin à la mine de plomb, signé avec dédicace à M. Aubert. Encadré.

RENOUARD

146 — *Gambetta sur son lit de mort.*

Très beau dessin au crayon noir, exécuté d'après nature (*Illustration*, 1883), encadré.

RIFFAUT

147 — *Vignettes pour Molière. — Le Bourgeois gentilhomme. — Le Malade, etc.*

Trois jolis dessins à la sépia.

ROBERT

(L.)

148 — *Chariot attelé de bœufs ; campagne de Rome.*

Aquarelle.

ROGIER

(CAMILLE)

149 — *Couseuse.*

Très jolie aquarelle signée du monogramme C. R.

ROQUEPLAN

(C.)

150 — *Jeune Femme tenant un enfant dans ses bras ; à ses pieds, une jeune fille jouant avec un chien.*

Superbe aquarelle, signée 1835, encadrée.

ROQUEPLAN

(C.)

152 — *Grenadiers et Voltigeurs.*

Cinq dessins au crayon.

ROUSSEAU

(TH.)

153 — *Paysage boisé.*

Très beau dessin au crayon.

(Vente Rousseau.)

SOMM

(HENRY)

154 — *Jeune Femme dans un intérieur japonais. — Jeune Femme et magot.*

Deux très jolis dessins à la plume, signés.

155 — *A l'Exposition. — Lapin savant. — A la brasserie. — Femme docteur.*

Quatre jolis dessins à la plume, signés.

156 — *Musée au Japon.*

Très curieux dessin à la plume, signé.

SOMM

(HENRI)

157 — *En promenade. — Femme au magot.*

Quatre dessins à la plume, signés.

158 — *Rêves d'opium.*

Huit dessins à la plume, signés.

159 — *Parisienne.*

Aquarelle encadrée.

160 — *Jeune Femme en buste.*

Aquarelle encadrée.

161 — *Japonisme.*

Aquarelle encadrée.

162 — *Liseuse.*

Aquarelle encadrée.

STAAL

(G.)

163 — *Aspasie. — Jane Gray.*

Deux dessins à la mine de plomb, rehaussés d'aquarelle.

TESSON

(L.)

164 — *Un Bazar arabe.*

Très beau dessin au crayon noir, signé, encadré.

VALERIO

165 — *Deux Enfants près d'un cours d'eau.*

Jolie aquarelle, signée.

VERNET

(Hce)

166 — *Études de chameaux.*

Deux dessins à la sépia, encadrés.

167 — *Défense d'Huningue.*

Dessin à la mine de plomb, avec la gravure.

168 — *Son portrait, par lui-même.*

Beau dessin au crayon noir estompé.

WATTIER

(E.)

169 — *Jeune Femme jouant de la mandoline.*

Très belle aquarelle signée, encadrée.

170 — *Jeune Femme peignant.*

Très belle aquarelle signée, encadrée.

171 — *Jeune Femme assise.*

Très beau dessin aux trois crayons, signé, encadré.

172 — *Rêverie.*

Dessin aux deux crayons.

WATTIER

(E)

173 — *Illustrations. — Titres de pages pour le musée Gratis, avec la couverture.*

Dessins au crayon, signés.

174 — *Concert champêtre.*

Aquarelle.

175 — *Concert champêtre.*

Dessin à la mine de plomb.

176 — *Les Crêpes.*

Très beau dessin à la mine de plomb et sépia.

177 — *Jeune Femme assise.*

Très beau dessin au crayon noir et encre de Chine, encadré.

WILKINSON

178 — *La Polka. — La Mazurka.*

Deux jolis dessins au crayon, signés 1845.

DESSINS DIVERS

179 — **Caricatures** du bon genre, par Bosio; sur la reine Caroline, par Cruisksand.

Neuf dessins à l'encre de Chine, sépia et crayon.

180 — **Charges, caricatures, scènes de mœurs.** — Voyage en Basse-Bretagne. — Les Ombres portées. — Les Coups, par Darjou. — Scène de carnaval. — Déménagement d'artiste, par Ladreyt. — Caricatures, par Bertall, Berat, Grim, etc.

Ensemble cinquante-huit dessins et aquarelles.

181 — **Croquis**, par Bonington, E. Lami, Monnier, De Beaumont, etc.

Ensemble douze dessins au crayon et aquarelle.

182 — **Sujets de genre**, par Fauvelet, Philippon, Geniole, etc.

Six dessins et aquarelles.

183 — **Militaires**. — **Chasses**. — **Paysages**, par Lalaisse, Th. Fort, Joly, Abels, Lebas, etc.

Douze aquarelles et dessins.

184 — **Paysages**, par Lalanne, Lebas.

Trois aquarelles.

185 — **Études et croquis**, par Decamps, Ingres, Delacroix, Scheffer, etc.

Huit dessins au crayon et à la plume.

186 — **Croquis**. Études de femmes, Amours, etc., par Girodet, Félon, Gleize, etc.

Cinq dessins à l'encre de Chine et crayon.

187 — **Portraits**. Le Duc de Richelieu, Bossuet. Études par David, Boilly.

Quatre dessins au crayon.

188 — **Costumes** et portraits d'acteurs et d'actrices.

Vingt dessins et aquarelles.

189 — **Portraits** de femmes. Études.

Huit dessins.

190 — **Paysages**. — **Marines**, par Gué, Enfantin, Van Essen, etc.

Douze dessins et aquarelles.

191 — **Paysages**. Vues. — Marines, par Veltens, Jose Bles.

Six aquarelles.

192 — **Sujets religieux**. Christ en croix. — Madeleine.

Cinq dessins et aquarelles.

193 — **Croquis**, par Comte, Fauvelet, etc.

Vingt dessins.

194 — **Vignettes**. Dessins et croquis pour illustration, par Lefèvre et divers.

Onze pièces.

195 — Sous ce numéro, quelques dessins non catalogués, par Horace Vernet, Castelli, Marilhat, Marry, Wild.

Douze dessins et aquarelles.

196 — **Dessins en lots**. Études, Paysages, Décorations, etc.

ESTAMPES

LITHOGRAPHIES, GRAVURES

CHARLET, BELLANGÉ

197 — *Le Premier Coup de feu. — Le Second, etc. — Croquis à la plume. — Le Vieux Grenadier. — Aux Braves.*

Sept pièces, très belles épreuves.

DECAMPS

(Par et d'après)

198 — *Croquis. — Sujets divers.*

Dix pièces, belles épreuves.

DELATRE

(A.)

199 — *Vue de Paris, prise de Montmartre.*

Eau-forte originale.
Très belle épreuve.

DEVERIA

200 — *Contes de La Fontaine.*

Six pièces, très belles épreuves, toutes marges

DIAZ, DELACROIX

(Par et d'après)

201 — *Imposture. — La Veuve. — Saint Sébastien, etc.*

Six pièces, belles épreuves.

GATINE

202 — *Incroyables et Merveilleuses de 1814. Suite complète de trente-trois pièces coloriées, d'après H. Vernet et Lanté.*

Très belles épreuves, toutes marges.

DE GONCOURT, CH. JACQUE, ETC.

203 — *Eaux-fortes et lithographies.*

Neuf pièces, belles épreuves.

HERSENT

204 — *Contes de La Fontaine, dix lithographies.*

Très belles épreuves, toutes marges.

ISABEY

(J.)

205 — *Caricatures coloriées, neuf pièces.*

Très belles épreuves, toutes marges.

JOHANNOT

(TONY)

206 — *Vignettes pour les Contes de Ch. Nodier. — Walter Scott; dix pièces.*

Très belles épreuves d'artiste, grandes marges.

JOHANNOT

(T. et A.)

RAFFET

207 — *Vignettes pour les Chansons de Béranger.*

Vingt-deux pièces dont vingt avant la lettre, très belles épreuves, toutes marges.

LEMUD

(DE)

208 — *Hélène Adelsfreit. — Baigneuses, d'après Rioult. — Adresse, etc.*

Six pièces, belles épreuves.

MONNIER

(HENRY)

209 — *Esquisses parisiennes. Suite complète de dix lithographies coloriées.*

Très belles épreuves de coloris ancien, toutes marges.

210 — *Les Grisettes. Mœurs parisiennes. Suite complète de six pièces coloriées, en largeur.*

Très belles épreuves de coloris ancien, toutes marges.

211 — *Les Boutiques de Paris. Suite complète de six pièces coloriées.*

Très belles épreuves de coloris ancien, toutes marges.

212 — *Encore celle-là. Pièce du Voyage à Londres, etc.*

Trois pièces, belles épreuves.

MONNIER
(H.)

LAMI
(E.)

213 — *Voyage en Angleterre. Suite complète des quatre livraisons parues, comprenant vingt-quatre lithographies coloriées.*

Très bel exemplaire.

RAFFET

214 — *La Revue nocturne.*

Très belle épreuve, encadrée.

215 — *Le Réveil.*

Très belle épreuve sur Chine

216 — La même estampe.

Épreuve sur Chine, encadrée.

217 — *Le Combat d'Oued-Alleg.*

Très belle épreuve sur Chine, encadrée.

218 — *Abordez l'ennemi franchement. — Il est défendu de fumer.*

Deux pièces, très belles épreuves.

219 — *Le Guide est à droite. — La Dernière Charrette. — L'As de trèfle.*

Quatre pièces, très belles épreuves.

VERNET

(H.)

220 — *Carle Vernet, en pied dans la campagne.* — Autre portrait en buste.

Deux pièces, très belles épreuves.

221 — Sous ce numéro, il sera vendu en lots les estampes non cataloguées.

RED. :

19

0 1 2 3 4 5 6 7 8 9 10

www.ingramcontent.com/pod-product-compliance
Ingram Content Group UK Ltd.
Pitfield, Milton Keynes, MK11 3LW, UK
UKHW021042180726
13838UKWH00004B/1951